De la même Autrice :

Romans grands caractères en **Police 18** :

- **Le Mas des Oliviers**, *BoD*, 2022
- **Le cadeau d'Anniversaire**, *BoD*, 2022
- **Autour d'un feu de cheminée**, *BoD*, 2022
- **En cherchant ma route**, *BoD*, 2022
- **Le hameau des fougères**, *BoD*, 2022
- **La fugue d'Émilie**, *BoD*, 2022
- **Un brin de muguet**, *BoD*, 2022
- **Le temps des cerises**, *BoD*, 2022
- **Une Plume de Colombe**, *BoD*, 2022
- **La dame au chat**, *BoD*, 2022
- **Un secret**, *BoD*, 2022
- **La conférencière**, *BoD*, 2022
- **L'étudiant**, *BoD*, 2022
- **Un week-end en chambre d'hôtes**, *BoD*, 2022
- **L'héritière**, *BoD*, 2022
- **On a changé de patron**, *BoD*, 2022
- **Un automne décisif**, *BoD*, 2022
- **Disparition volontaire**, *BoD*, 2022

***

Romans grands caractères en **Police 14** :

- **BERTILLE L'Amour n'a pas d'âge**, *BoD*, 2021
- **BERTILLE Les Candélabres en Porphyre**, *BoD*, 2020
- **BERTILLE, Les lilas ont fleuri**, roman, *BoD*, 2019
(d'autres parutions à venir... voir le site de l'autrice)

Romans et livres **Police 12** :

- **La Douceur de vivre en Roannais**, roman, *BoD, 2018*
- **Une plume de Colombe**, nouvelles, *BoD, 2017*
- **New York, en souvenir d'Émile**, roman, *BoD, 2017*
- **Croisière sur le Queen Mary II**, roman *BoD, 2016*
- **La Villa aux Oiseaux**, roman, *BoD, 2015*
- **La Retraite Spirituelle**, roman, *BoD, 2015*
- **Recueil de (Bonnes) Nouvelles**, *BoD, 2014*

***

Aventures Jeunesse (9-14 ans) :

- **Farid, la Trilogie**, *BoD, 2014*
- **Farid et le mystère des falaises de Cassis**, *BoD, 2009*
- **Farid au Canada**, *BoD, 2009*
- **Farid et les secrets de l'Auvergne**, *BoD, 2009*

***

Thriller religieux :
- **In manus tuas Domine...**, *BoD, 2009*

Site de l'auteure : **www.isabelledesbenoit.fr**

© Isabelle Desbenoit, 2022
Édition : BoD – Books on Demand, info@bod.fr
Impression : BoD – Books on Demand, In de
Tarpen 42, Norderstedt (Allemagne)
Impression à la demande
ISBN : 978-2-3224-3702-3
Dépôt légal : mai 2022
Tous droits réservés pour tous pays

UN SECRET

Isabelle Desbenoit

Je n'en peux vraiment plus, ces piles de linge qui s'accumulent, le ménage qui est fait de plus en plus rarement, nous sommes complètement débordés... Même si Ronan, mon mari, prend sa part comme moi en mettant les machines à tourner, en étendant le linge, en faisant les courses ou le repas et en passant l'aspirateur, il n'en peut plus non plus.

Il y a eu la naissance de notre petite dernière, Jade, et j'ai dû reprendre le travail dès la fin de mon congé maternité : c'est là que les choses ont commencé à se gâter...

Nous arrivons le soir et nous nous occupons des enfants, nous avons tellement envie de passer avec eux le peu de temps qu'il reste avant leur coucher ! Puis nous prenons quand même le temps de dîner même si nous cuisinons très simplement : une salade, des pâtes... Ensuite, nous nous affalons sur le canapé et voilà, rien ne se fait.

Passer le week-end à tout remettre en ordre n'est pas non plus une solution, nous avons envie d'avoir un peu de temps libre. Ce soir, lovée contre l'épaule de Ronan sur notre sofa, je lance :

— Mon chéri, on n'y arrive

plus, le ménage, le linge... Il faut trouver une solution.

— Oui, tu as raison Julie, cela devient quand même un peu juste.

— Dis... si l'on embauchait quelqu'un pour le ménage ?

— J'ai pensé aussi que l'on pourrait se faire livrer les courses au lieu de passer notre samedi après-midi au supermarché, suggère Ronan qui a cogité également de son côté.

— Avoir des enfants, c'est un grand bonheur, faire un travail intéressant aussi, mais l'on n'a plus une minute à nous... Je ne vais pas tenir là...

— C'est clair, il faut vraiment que l'on prenne quelqu'un pour le ménage.

— Tu sais, Géraldine, ma collègue, elle parlait de son employée l'autre jour, il semble qu'elle soit une personne de toute confiance et qui travaille très bien.

— Eh bien, demande-lui ses coordonnées, c'est vrai que par connaissance, c'est plus simple.

— Oui, sinon, je crois que le bateau coule, dis-je en jetant un regard circulaire sur notre salon qui ressemble à un vrai champ de bataille.

— Dire que j'ai des collègues qui ont les quatre grands-parents près d'eux et qu'ils se disputent pour venir les aider ! renchérit mon époux, songeur.

Pour nous, à la suite d'une restructuration de l'entreprise de Ronan, nous n'avons pas eu le choix pour conserver son poste et nous avons dû déménager à sept cents kilomètres de notre Haute-Savoie natale. Nos parents sont bien privés de leurs petits-enfants même si nous communiquons par ordinateur tous les week-ends. Bien sûr, nous aurions pu essayer de rester là-bas quand même, on a toujours le choix, mais Ronan adore son travail et il n'y avait vraiment aucune possibilité de le faire en télétravail de si loin. Pour moi, infirmière, je trouve un poste facilement partout et la décision de déménager s'est vite imposée.

Dire que j'adore repasser... Seulement, entre repasser et m'occuper d'Antoine, deux ans et demi et de notre petite grenouille Jade qui aura quatre mois bientôt, le choix est vite fait...

Nous passons le reste de la soirée à échafauder des plans d'organisation pour gagner du temps. Ronan prend son ordinateur et fait un tableau où il chiffre le temps gagné et le coût, nous en arrivons à la conclusion que nous pouvons payer une personne deux fois deux heures par semaine. Nous réduirons le budget courses en achetant de manière groupée pour certaines choses et en évitant les plats tout prêts, plus chers. Nous prévoyons de faire un « atelier cuisine » tous les deux, le samedi matin : nous cuisinerons des plats sains et simples que nous congèlerons pour la semaine. Ainsi le soir, nous n'aurons pas de repas à faire, y compris pour les enfants.

Ce jour-là, nous allons nous coucher fatigués mais avec l'espoir que notre marathon quotidien prendra fin très prochainement et que nous pourrons bientôt profiter sereinement de nos enfants après le travail et nous octroyer des plages de détente et de repos.

Le lundi suivant, Christine N. se présente donc pour son entretien d'embauche, en fin d'après-midi. Nous sommes rentrés tôt tous les deux pour pouvoir la voir ensemble. Elle est toute menue mais paraît être dotée d'une énergie à revendre. Elle semble avoir un tel succès que ses plages disponibles deviennent rares… Tant pis, nous lui confierons les clés de la maison et elle viendra en notre absence.

De toute façon, Géraldine ne tarit pas d'éloges sur Christine et je sais que je peux lui faire entièrement confiance ; au travail, cette collègue est quelqu'un de très fiable, de très méticuleux et, en même temps, de très proche des patients. Pour moi, c'est l'infirmière modèle qui arrive à faire des miracles alors que nos conditions de travail ne sont pas du tout optimales et qu'il nous manque souvent du temps pour faire tout ce que nous aimerions dans notre service de gériatrie. Christine est visiblement issue d'un milieu modeste, elle parle avec des mots tout simples et avec un petit défaut de prononciation. Nous la mettons à l'aise et nous lui montrons directement la maison et ce que nous voulons qu'elle fasse : le ménage et le repassage essentiellement. En moins d'une demi-heure, tout est réglé. Nous la déclarerons en chèque emploi service avec un bon salaire, le même que Géraldine. Son travail est pénible et elle a vingt ans d'expérience, nous ne nous voyons pas du tout la payer au SMIC horaire car nous avons un grand respect pour ce travail qui va bien nous décharger. Nous lui demandons de remplir les papiers pour l'embauche mais elle déclare en se levant qu'elle doit vraiment y aller et qu'elle nous les rapportera la semaine prochaine. Nous n'y voyons aucun inconvénient et nous la raccompagnons, contents de ce premier contact.

Nous nous apercevons dès la première semaine que Christine est vraiment une perle : elle abat un travail considérable en deux heures et nous propose même en nous téléphonant le soir de la deuxième semaine de consacrer une heure à l'épluchage et à la cuisson de légumes dans la semaine car, en trois heures, elle arrive à faire tout ce qui est demandé. Elle le fait chez d'autres personnes qui travaillent nous dit-elle. Manger de bonnes soupes de légumes frais ou faire des purées pour les enfants, voilà une riche idée !

Dès lors, nous prenons un rythme moins effréné, la maison semble toujours propre et rangée, notre linge nous attend dans nos armoires rangées en belles piles et nous avons toujours le vendredi de bons légumes à utiliser pour nos plats à congeler pour la semaine ou à manger directement dans le week-end. Je m'empresse de remercier Géraldine pour m'avoir fait connaître cette fée du logis !

Le seul détail un peu curieux et que Christine nous a bien fait préciser est qu'elle ne voulait pas de petits mots pour les consignes du jour mais uniquement qu'on lui envoie le jour d'avant par SMS. Nous nous plions volontiers à son désir, peut-être souhaite-t-elle savoir à l'avance ce qu'elle a à faire ? Chacun possède sa manière de s'organiser après tout.

Un jour que je suis en RTT, je me trouve exceptionnellement à la maison quand Christine est là. Je suis contente de pouvoir la côtoyer un peu pour une fois et lui propose de prendre un thé avec moi. Elle se fait un peu prier mais voyant que cela semble me faire plaisir, elle accepte finalement. Nous parlons de choses et d'autres et de son fils de quatorze ans, avec qui elle vit seule. Jordan semble bien travailler à l'école mais, en pleine adolescence, il a quelques problèmes de comportement. Je dis à Christine que je l'admire car élever seule un enfant est une responsabilité vraiment lourde, enfin pour moi car nous nous appuyions beaucoup l'un sur l'autre avec Ronan, ne serait-ce que pour discuter des décisions à prendre ou bien pour assurer le relais quand l'un ou l'autre est très fatigué.

Pour Christine, c'est différent, elle n'a jamais de répit et est toujours en responsabilité. Un petit silence s'installe et je regarde le journal d'hier qui traîne sur la table. La voisine nous le glisse sous la porte dès qu'elle l'a lu. Nous ne lisons souvent qu'un ou deux articles car nous n'avons guère le temps mais au moins nous sommes au courant de la vie du canton. Sur ce journal, la photo d'un accident de voiture où l'on indique qu'il y a eu deux morts, deux jeunes de vingt ans qui rentraient de boîte de nuit. Malheureusement, cela arrive fréquemment, mais quel drame à chaque fois ! Je montre la une à Christine :

— Vous avez vu ces deux jeunes, c'est vraiment affreux, apparemment, ils sont rentrés dans un arbre, heureusement encore qu'une autre voiture n'a pas été touchée... Ce n'est pas dans le village de vos parents ?

Christine se penche vers le journal, puis tout à coup, se lève un peu vite en disant :

— Oui, quelle tristesse cet

accident, bon, ce n'est pas tout ça, mais je dois finir les chambres et je ne peux pas lire, j'ai oublié mes lunettes, merci pour le thé !

Et elle s'en va précipitamment dans la chambre de Jade, je la regarde partir un peu étonnée : elle aurait pu rester un peu plus, elle n'a même pas fini son thé ! Ai-je dit quelque chose qu'il ne fallait pas ? Peut-être connaît-elle ces jeunes ou leurs parents, ou bien a-t-elle vécu un drame routier dans son entourage proche ? J'ai l'impression d'avoir fait une gaffe...

Plus tard, alors que Christine va bientôt partir et que je lis sur le canapé, je la vois prendre une photo du journal avec son téléphone portable, grâce au miroir du salon qui me permet de voir une partie de la cuisine de là où je suis.

Je ne dis rien, je ne veux pas aggraver ma bévue, apparemment Christine doit connaître ces deux jeunes. Dans la soirée, je raconte incidemment ce fait à Ronan. Mais lui, tout d'un coup, a une illumination :

— Je sais ! Julie ! Je crois que Christine a un secret, ce que tu me dis m'y fait penser avec d'autres choses que j'ai remarquées : notre employée ne sait pas lire !

— Comment cela, elle ne sait pas lire ?

— As-tu noté que quand nous l'avons embauchée elle n'a pas rempli les papiers devant nous et que lorsque nous lui avons montré les produits, elle les a pris en photo avec son téléphone ?

— Oui, je me souviens, elle disait qu'elle voulait les montrer à une de ses clientes qui ne sait jamais quoi prendre et que c'était de bons produits.

— Pourquoi penses-tu qu'elle souhaite tout le temps qu'on lui envoie les consignes par SMS ? Pour pouvoir les faire lire à son fils pardi ! Pourquoi est-elle partie si brusquement de la table alors que tu lui demandais de lire l'article ? Parce qu'elle ne sait pas le lire ! Le titre est tellement gros que même sans lunettes, elle aurait pu le lire. Et l'as-tu déjà vue avec des lunettes ou as-tu remarqué qu'elle avait des lentilles ?

— Non, jamais.

— Elle ne sait pas lire je te dis !

— C'est vrai que tous ces petits faits mis bout à bout... C'est plausible en effet... Mais la pauvre, cela doit être affreux de ne pas savoir lire ! C'est vrai qu'elle ne se déplace qu'à vélo, elle n'a pas le permis et je ne l'ai jamais vue lire quelque chose...

    Ronan réfléchit, je le connais, quand il ferme à demi les yeux et qu'il baisse un peu la tête, je sais que je dois lui laisser un peu de temps. J'attends en réfléchissant moi aussi, ce qu'il dit colle bien finalement à la réalité de notre employée.

    — Si réellement Christine est analphabète ou au moins illettrée, nous devons à tout prix l'aider et cela discrètement, car je pense qu'elle doit avoir honte, évidemment, elle le cache avec tant de soin. Ce que tu vas faire, poursuit Ronan, tu vas interroger ta collègue Géraldine mais sans qu'elle puisse deviner pourquoi, juste pour confirmer les choses. Tu peux dire genre : c'est Christine qui t'a conseillé tes produits d'entretien ou c'est toi qui lui fournis ? Tu donnes les consignes comment ? Enfin tu vois, il ne faut pas qu'elle comprenne pourquoi tu demandes cela, tu noies ton propos dans une discussion générale sur le management du personnel de maison quand vous êtes plusieurs à discuter.

— Oui, je vois très bien, ce n'est pas bête du tout.

— Si elle a fait pareil qu'avec

nous, cela voudra dire qu'elle ne sait pas lire les étiquettes et qu'elle emporte les photos à la maison pour que son fils les lui explique. Lui aussi doit avoir honte de sa mère, à l'adolescence, ce n'est pas évident, c'est lui qui doit prendre en charge les papiers...

— En admettant que ce que tu dis est vrai, comment veux-tu que l'on s'y prenne pour lui faire comprendre que l'on sait et que l'on veut l'aider ? C'est hyper délicat !

— Je vais y réfléchir, je vais trouver une solution, attendons déjà de savoir ce qui se passe chez Géraldine.

Renseignements pris, notre hypothèse se confirme bien... Notre super femme de ménage se conduit de la même façon chez ma collègue. Ronan commence par téléphoner à une association qui aide des personnes adultes à apprendre à lire pour leur demander conseil. C'est la présidente qu'il a au bout du fil, je l'entends moi aussi puisqu'il a mis le haut-parleur en lui demandant la permission que je puisse écouter également ce qu'elle nous dit.

Katia a une voix jeune et dynamique et a l'air vraiment sympathique. Elle nous propose de venir nous rencontrer un soir pour en parler, rendez-vous est pris la semaine d'après.

Notre rencontre se révèle fructueuse : après discussion avec Katia, dont nous nous ferions volontiers une amie tellement elle correspond à ce que nous sommes, nous décidons d'agir par un moyen très détourné. Nous allons simuler une vente pour un matériel de puériculture que nous aurons mis sur un site de vente entre particuliers sur Internet. Katia viendra et sera l'acheteuse que je serai supposée ne pas connaître du tout. Je lui proposerai un thé avant d'aller à la cave ensemble pour récupérer notre ancien siège bébé. Nous nous arrangerons pour parler en sa présence de son métier, de son association afin de donner, sans en avoir l'air, toutes les informations nécessaires. Nous aurons des conversations très orientées vers notre but... Du genre, je dirai : « Il y a beaucoup de personnes qui ne savent pas lire ? » Et Katia répondra sur un ton détaché « Ah ! Mais bien sûr, et ce n'est pas grave du tout, il vaut mieux apprendre à lire et à écrire adulte que d'avoir du diabète ! C'est quelque chose qui peut s'apprendre rapidement quand on est adulte. » Elle fera mine de m'expliquer que les personnes en ont honte, mais en fait, dès qu'elles poussent la porte de l'association et voient des dizaines de personnes comme elles, elles changent complètement de regard sur elles-mêmes. Mieux vaut mille fois des parents qui ne savent pas lire mais qui aiment leur enfant que des parents très diplômés qui les maltraitent ! Bref, le jour dit, nous en rajoutons et avant de partir Katia me demande si je veux bien mettre des documentations à mon travail ou chez mon médecin en m'expliquant qu'elle cherche des stagiaires en permanence, les subventions que l'association reçoit dépendant du nombre de personnes qui y sont accueillies. Dans la conversation, elle a aussi placé qu'elle ne divulguait à personne les noms de ses stagiaires et qu'ils pouvaient tous compter sur la discrétion de l'association : personne ne savait qui venait chez eux et certains pouvaient même suivre des cours particuliers dans un bureau fermé pour ne croiser personne d'autre si vraiment ils ne voulaient pas être découverts dans ce petit défaut vite corrigé, souligne-t-elle. Je fais mine de ne pas comprendre où se trouve exactement le local et elle m'explique très précisément son emplacement. J'ai demandé à Christine de nettoyer le four et elle est aux premières loges pour ne pas perdre une miette de ce que l'on dit...

Pour finir, Katia pose une pile de flyers sur la table de la cuisine. Elle les a soigneusement comptés, il y en a quinze. Ils sont destinés à des personnes qui ne lisent pas et donc c'est un genre de bande dessinée, avec très peu de texte. Même sans savoir lire, on comprend ainsi ce dont il s'agit.

Puis nous sortons toutes les deux en laissant Christine finir son ménage, pour aller à la cave chercher le prétendu siège bébé que je dois vendre à Katia. Nous y restons un bon moment en continuant à discuter ensemble. Lorsque je remonte, Christine est partie, elle a fini son office chez nous, j'ai bien entendu traîné dans ce but. Je me précipite sur les flyers toujours bien rangés en pile sur la table de la cuisine. Je compte avec soin : quatorze ! Je mets immédiatement un SMS à Katia et à Ronan dans la foulée pour leur annoncer la bonne nouvelle. Maintenant, nous n'avons plus qu'à attendre...

Il faudra trois mois pour que Katia reçoive la visite de Christine. Elle arrive un soir et demande la directrice : celle-ci la fait entrer immédiatement dans son bureau. Christine s'effondre en pleurs. Jordan, son fils adolescent, vient de l'envoyer balader alors qu'elle lui demandait une nouvelle fois de lui lire son courrier. « Maman, tu vas apprendre à lire maintenant, je vais bientôt partir moi et tu resteras toute seule, tu ne pourras pas te débrouiller, j'en ai marre de faire tous tes papiers... Maman, tu dois apprendre à lire ! » Jordan est parti ensuite en claquant la porte et pour Christine, cela a été le déclic.

Katia a su trouver les mots pour l'apaiser, lui dire combien son fils serait fier d'elle si elle venait apprendre et qu'elle pouvait, de toute façon, y arriver comme tous ceux qui viennent à l'association, certaines personnes mettent un peu plus de temps, d'autres un peu moins, et alors ? L'association n'est pas une école, il n'y a pas de notes et il y a surtout une excellente ambiance d'entraide. Christine se laisse convaincre et se met à participer à deux ateliers par semaine. En trois mois, elle peut déjà déchiffrer beaucoup de syllabes, reconnaître une centaine de mots. Katia, avec qui nous sommes devenus amis, nous tient discrètement au courant de temps en temps tout en respectant le secret professionnel. Nous sommes ravis, Christine semble prendre de plus en plus confiance en elle. Je remarque pour les quelques fois où je suis à la maison avec Christine qu'elle me regarde beaucoup plus en face et qu'elle se tient bien droite. Elle a perdu ce petit air accablé qui la rendait triste. Notre employée s'habille maintenant avec des couleurs plus vives, me parle de Jordan avec une fierté qui me laisse à penser que leurs relations sont bien meilleures.

Détail important, elle a

pratiquement perdu son défaut de prononciation, j'apprendrai par Katia que Christine a aussi été aidée par une orthophoniste qui vient travailler bénévolement à l'association, une fois par semaine.

Notre femme de ménage méritante me dit même un jour que son fils est fier d'elle ! C'est plus d'un an plus tard que nous nous rendons vraiment compte que Christine n'a plus du tout ce handicap de ne pas savoir lire. Un jour où nous sommes en vacances, nos deux enfants jouent sur le tapis tandis que leur père est chez un ami. Notre petit Antoine s'approche de Christine avec un de ses livres à la main, du haut de ses trois ans, il demande :

— Tine, tu me lis une histoire ?

Je réponds immédiatement pour ne pas mettre Christine en difficulté.

— Christine, vous faites comme vous le souhaitez surtout, nous sommes en vacances, vous pouvez tout à fait faire une pause, je vais faire moi-même le repassage, il y a tellement longtemps que je n'en fais plus, cela me fera plaisir. Si vous voulez vous occuper des petits un moment, c'est vous qui décidez...

Christine me regarde, très souriante et me lance :

— Ce n'est pas de refus !

Elle entraîne Antoine et l'assied à côté d'elle sur le canapé, j'ai l'immense joie d'écouter Christine lire *Petit Ours Brun part en vacances* à Antoine, tout content. Elle lit lentement et met le ton, notre employée semble tout à fait à l'aise… L'histoire finie, Antoine court dans sa chambre, chercher son album des animaux de la forêt et Christine continue à le lui lire…

Je suis tellement ravie que je demande à Christine si je peux la prendre en photo avec Antoine pour mettre dans son album.

— Christine, lui dis-je, alors qu'Antoine est reparti s'amuser avec sa sœur sur le tapis avec leur boîte de cubes, vous n'avez jamais pensé évoluer dans votre métier pour vous occuper d'enfants ?

— Oui, mon médecin me dit que je n'irai pas jusqu'à la retraite dans le ménage avec mes problèmes d'arthrose... J'ai hérité cela de mon père... J'y pense surtout que Jordan va partir l'année prochaine dans un internat d'excellence pour faire son lycée dans de bonnes conditions, il vient d'être sélectionné, il ne reviendra que le week-end. Je pourrai donc utiliser sa chambre la semaine et je me suis déjà renseignée pour devenir assistante maternelle. J'aime tellement les petits…

— Quelle bonne idée ! C'est vrai que l'on voit que vous savez vous y prendre avec les jeunes enfants.

Nous continuons à bavarder en parlant de ce fameux agrément qu'il faut obtenir et de la formation qu'il est nécessaire de suivre pour exercer ce métier. Je repasse avec plaisir et la joie au cœur. Christine est maintenant bien partie. Puis, en confiance avec moi, elle m'avouera un peu plus tard qu'elle a rencontré depuis quelques semaines un pompier avec qui elle a bien sympathisé. Il est un peu plus âgé qu'elle, divorcé avec deux grands enfants qui se débrouillent et même si elle ne « s'emballe pas », me dit-elle, il lui paraît avoir la tête sur les épaules. Que de chemin parcouru depuis que nous connaissons Christine ! J'ai hâte de retrouver Ronan pour lui expliquer tout cela !

Vous avez aimé ce roman ? Vous aimerez...